歌集

冬の花

佐野昭子

砂子屋書房

佐野昭子歌集『冬の花』＊目次

I

曙杉 15
海峡を航く 17
石垣 20
萩叢 23
パナマ帽子 26
栗の木の舟 30
苧環の花 34
水彩スケッチ 40
山雀まぎれて 44

スカイプ　48
絵画館へ　52
崖を草履に　56
水馬の跳ぶ　59
かぼすの実　63
看取り　66
オルゴール　69
釈迦仏の笑み　73
武家門をくぐり　76
ポンペイ　79
カルタゴ　83

セザンヌのアトリエ 86
薔薇の芽 90
皇帝の宝物庫 93
大修道院 96
サンクトペテルブルク 99
広き空 102

II

魚跳ねる桶 109
大西洋青く 113

巡礼の街 116
荷風の墓 120
空襲警戒警報 124
真夏の庭 127
鰯雲あわく 131
埠頭を離れ 134
ギリシャへ 136
『足長おじさん』 140
秋の山 144
師走 146
白き食パン 149

タクト　152
ひすい玉の首飾り　155
東北弁のシェイクスピア　159
シルク・ドゥ・ソレイユ　162
川水光る　165
根岸にて　170
鵜飼　172
球根を植う　176
劇場デビュー　178
春少しずつ　183
螢・長火鉢　189

ミモザ咲く　193
サインポール回る　197
乙越沼　200
跋　角倉羊子　205
あとがき　212

装本・倉本　修

歌集　冬の花

I

曙杉

芽吹き前の曙杉は天を突き水光る沼辺に並び立ちおり

築山に淡き日の差し草萌え初む大地震《ない》過ぎし師の歌碑のほとり

休業の店舗目に入り震災後八日の銀座通り静けし

啄木の滝山町の歌碑に出会う友の画廊を探し歩みて

雁皮紙に摺りてタッチの繊細な版画に描く現世の惨

海峡を航く

日干し煉瓦積まるる遺跡のそこかしこ花の黄の濃く茴香《ういきょう》茂る

ガリポリの昼食サバの炭火焼き激戦ありし後の漁港に

フェリーに航《ゆ》くダーダネルス海峡波ひくし英仏艦船底に眠らせ

アナトリアはシルクロードの終着地隊商宿の中庭広し

入場券売る父親の傍らで少年の売る絵葉書セット

洞窟の暗く小さな祈りの場に初期教会の人ら集いき

モスク床の絨毯に織られしチューリップその一輪が一人の場なり

ピーマンやトマト馴染みの野菜苗並ぶ露店に蛭も売らる

石垣

矩形細き積み木のような高層ビル気ままに聳える東京の空

葉桜の木陰に休むハシブトは丸き頭に丸き目をもつ

川水を堰き止めし池の細長く流れ曲がりて入り江を作る

公園の入り口にいるホームレス木陰に椅子と寝床を置きて

ビル前に植え込まれたるさるすべり保護布残れどたくましく咲く

南町奉行所跡は有楽町駅前広場マリオンの横

石垣のみわずか残りて奉行所は駅前広場繁華街となる

夏の日差し避けて入りゆく並木道マロニエの葉に勢いのあり

萩叢

褐色に変わりし松葉牡丹には枯色の揚羽まつわりて飛ぶ

秋晴れに当尾《とうの》の里の家々の柿の実赤し枝見えぬまで

手のひらを天に向けたる長き腕動きそうなる阿修羅立像

頭部のみ残りし如来は切れ長の清しき目もつ美青年なり

新薬師寺本堂わきの萩叢に花こぼれ咲く土にもこぼし

奈良町は奈良の下町磨かれし格子造りの家々並ぶ

幾千のスケッチなしし画家の描く油彩大和路土塀のゆがむ

収集の石仏あまた並びいるその間《あわい》より桔梗咲き出ず

パナマ帽子

人住まず一年を経し家の庭のおもてを枯れしどくだみ覆う

どくだみの枯葉を踏みて入りゆく先生逝きて一年の庭

カーテンの白きも変わらず鎮まりぬ壊さるる日の迫りいる家

玄関にいつもの傘と下駄ありて先生の声の聞こえそうなる

主の亡き書斎の椅子に置かるるは愛しみ被りし白きパナマ帽子

緻密なりし学風のまま先生の書棚みごとに整理されおり

一語一句おろそかにせぬ精読を厳しく求め実践なされき

一族の最後の人なれば蔵書などは大学へ寄附と決めおかれしと

フランス語の詩を試訳せしノートなども書棚の隅に残されおりて

病弱の学者は戦時も大学にて英語学研究守り続けき

栗の木の舟

下降する機窓に見ゆる津軽富士長き裾野の果ての霞みて

正確に碁盤目なす田に水満ちて津軽平野に人影のなし

りんごの花ほの白き下に佇めば優しき風の背を撫でてゆく

二百年の大き門なり閉ざされし扉の金具の深き鈍色

展示室の縄文土器もこの地より掘り出されしと聞けば親しき

縄文の人のこだわり日常の甕にも縄目の模様のあふる

五千年前に漆の技はあり赤く塗られし木皿の残る

竪穴の家の囲炉裏のひろびろと雪積む日々の暮らしを守る

栗の柱太きを据えて床材と蔓で結びし高床の家

栗の木の舟を仕立てて近隣と交易せしよ蝦夷の祖先は

獲物とる銛《もり》・槍あれど戦争の道具の見えぬ縄文遺跡

苧環の花

ようやくに夜の暗みて北国の星座を見んと重ね着をする

山頂の北極星はわが庭の空に見るより大き星なり

入口の巣に子燕ら鳴く声の聞こえ目覚める高原の朝

空からと見紛うほどの高みより白く泡立つ水の落ちくる

氷河の水集めし川の絶壁をたぎりつつ来る水煙たてて

滝上へと登りゆく道しきり降る水のしぶきの頬に冷たし

ごうごうと鳴る滝聞きつつ登る道草木の消えて岩ばかりなり

タカカウはインディアン語で「すばらしい」滝は真白にたぎり轟く

谷川の岩を穿ちて幾千年ついにくり貫き橋となしたり

深き谷を溢れ流れる水の上に小さな虹の二重にかかる

インディアンの絵筆と呼ばるる野の草は筆の形の赤き花もつ

カナダなる山の苧環《おだまき》丈高くうす黄の花の下に向きおり

三筋ありてカラスの足と呼ばれいし氷河の溶けて二本となりぬ

「厚みもち少し青いのが氷河です」雪の斜面をしばし見つめる

降りし雪を十分の一に押し固め氷河は青の屈折残す

クレバスに落ちれば氷河の厚み分三百メートル落下するとう

水彩スケッチ

小気味よく蔓の伸びゆく向日葵のてっぺん見上げ蕾確かむ

農業に生きると決めし青年のとうもろこしの甘く香ばし

緑なす土手の傾りのひとところ彼岸花の朱のまるく広がる

塀に沿い橙色の粒散りて空家の庭に木犀の咲く

うす雲を透かしオリオン三つ星の南の空に小さく瞬く

流れ星見るには視力不足らしも高空をともす星座楽しむ

鮮やかにマウスを繰りて五歳児のパソコンゲーム進めゆくなり

赤み帯ぶる新芽に蕾の見え初めて生気満ちいる秋の薔薇の木

和歌山の友の供えし蜜柑より温き光の立ち上りくる

「どうして？」と問う時友の大き目は強き光を放ちていたり

中国の原野の水彩スケッチを激務出張の人の残せり

山雀まぎれて

枯れ初めし霜月の薔薇にしじみ蝶小さき羽を立てて動かず

刈り込みをせずに自然の木のかたち楽しむ庭に姫沙羅育つ

紅葉する姫沙羅の細き葉の元に新芽短く柔き髭なす

枯れし葉を落とす辛夷の枝々に花芽小さく和毛の光る

子育てに追われいる娘のくつろぎてお代わりをする正月の宴

「ばかにするな一年生を」と一年生ソファーに立ちて幼き啖呵

込み合える細枝のなか四十雀の頬のしろきが移り行く見ゆ

小鳥らの囀り賑わう朝の庭に山雀《やまがら》一羽まぎれ歩めり

雪の朝明けて真白き屋根の上ふくら雀が身じろぎもせず

鉢植えを土に下ろせし梅の木に紅の濃き一輪ひらく

スカイプ

肩紐のくいこむ重さ心地良し旅行鞄をザックに代えて

土砂降りの中ジャンボ機に物運ぶ小さき車のライトまばゆし

二階建てバスは通りのマロニエの張り出す枝をこすりつつ行く

幹太き木々並び立つりんご園青き落ち実の根方を埋む

ニュートンの通いし学舎の木の橋は数学橋と名付けられたり

嘆きの橋・数学橋などの愛称もつ大学の橋ケム川飾る

ワイルドをともに観しより二十年変わらぬ劇場二人で見上ぐ

スカイプに顔のぞかせて七歳は「ばばイギリス語話しているの」

毎日のテレビ電話に洗い立てのシャツ着る夫気を遣いおり

公爵の庭は村人の散歩道毎日来ますと老女微笑む

女王様のオーク探して行き過ぎぬ野に立つ木々のみんな似ていて

エリザベスは即位の使者をこの木下に迎えしとするチューダー伝説

絵画館へ

若き日のゴッホの住みし町の名を読む間に列車ホームを通過す

大学と絵画館にて知られたるに無人駅なり出口を探す

街路樹の大き陰なし静まれる住宅街を地図見つつ行く

下陰の歩道にわかに明るみて右手に大きく緑地広がる

起伏なす芝生続きて子供らの甲高き声風に乗り来る

絵画館の庭は遊び場造形のアート作品を遊具となして

窓に寄るレンブラントの白衣の少女何に見入るや強き眼差し

女性用と信じ入りゆくトイレより青年出でくる新時代来て

ソーン氏の設計になる絵画館左右の翼の伸びやかにあり

崖を草履に

春の海茫々とありて桂浜水平線のかすか弧を持つ

見晴らしの岡より浜へ下りくれば潮の満ちきて砂の濡れおり

天守閣残れる町の道幅の広きは空襲の名残りなるべし

岬行きバスの乗客三名に四万十川の長き橋ゆく

大荷物下ろすを互いに手伝いて集落ごとに老女降りゆく

崖道を草履にすいと降りて来し白衣の僧の息切れもせず

潮流に入りし小船の高く低く渦巻く水に揺さぶられおり

水馬の跳ぶ

迷路なりし秋葉原駅に新設のコンコース広く天井高し

エスカレーター長きを下りてつくば新線秋葉原駅は深き地下なり

鉄塔の等間隔に並びつつ電気は走る関東平野を

温室にバニラを見たり莢豆の生りいてまことビーンと知れり

蓮池の半透明の水ふいに揺れて光りて水馬《あめんぼ》の跳ぶ

水馬の細長き脚水面をつかみ蹴りだし滑り行くなり

水馬の素早き動きはリニア型か沼のおちこち水輪の生れる

山頂に見渡す田圃は早苗色かすかに風の渡り行くらし

ひいらぎ草やわき緑の葉の陰に下向きて咲く濃き青の花

一段の並みより高き石段を膝もち上げてゆっくり上る

かぼすの実

トネリコに沿い伸びおりし萩の木の日ざし求めて曲がりゆきたり

掘り返す花壇の土のさらさらと細かき粒のかすかに湿る

抱き紐の袋に眠るみどり児の両手は万歳ふちにはみ出す

雲の上に根子岳見えて阿蘇山の緑の中へと機の降下する

車窓に見る黒髪山の緑濃き木の間に白き宿舎ののぞく

中岳の今日の噴煙白く濃く山の襞へと広がりてゆく

かぼすの木に夏蜜柑ほどの実の成りて諭吉の旧居庭の明るし

黄葉の銀杏の梢にカメラ向ける若きおみなの腕《かいな》漲る

紅葉のもみじ盆栽浅鉢にありて奥山の空気をまとう

看取り

目をつむり化粧を受くる棺の人七つを祝う少女にも似て

胸に組む手の指長し飛びしヒューズたちまち直してくれし指なり

無宗教の人の祭壇に百合や蘭の花を飾りて花に埋める

集いしは親しき友と家族のみ亡き人望みし小さな葬儀

ライフワークは百編を超す論文なり順に並べて棺に納める

コゲラ住む森を見下ろす良き住居《すまい》と言いしに程なく入院となりぬ

独り身の妹なれば看取りしは辛き幸いと夫の言いたり

オルゴール

父母《ちちはは》の戒名の次に妹の本名を彫りて墓誌の整う

植え込みし木犀、黄楊の伸び育ち義父母の墓を緑に埋む

墓石の礎《いしずえ》浮きて来るまでに木犀育ち根を張りおりぬ

わずかなる地震《ない》にも石の倒るらん緑めぐらす墓のあやうさ

繁る木を抜き玉砂利を敷き詰めし墓となしたり四十年経て

拓かれし斜面に墓石並びいる人より死者の多き町なり

雪の日も紅梅の枝に雀きて雪に濡れつつ膨らみおりぬ

慎重に雪を踏みゆく登山靴の青年の跡に従い歩む

寒風のすさぶ小庭にクロッカスまず黄の花のかたまりて咲く

「ひな祭り」うたうオルゴールいくたびも幼小さき指にて回す

釈迦仏の笑み

校庭に証書をかかげ立つ少女の髪をなびかせ春の風ゆく

迷いつつスマホを押すに小さき指そっと伸びきて画面の進む

風呂上がりの男の子の身体拭いてやる夫の手つき昔と変わらず

大屋根に鴟尾おどり立ち濃き金の光を放つ四月の雨に

飛鳥の世は良き世なりしか金堂の釈迦仏の笑みほのか謎めく

開化帝御陵は奈良の町のなか常緑の繁り厚く盛りあぐ

じゃのひげの上にあまたの紅椿ふわりと落ちて並びいるなり

土台のみ完成の家の土台際にうす橙の罌粟の咲き出ず

ガラス窓の外のつつじと青い空地下プールにも春の届きて

武家門をくぐり

豆本を読む人の手許のぞき込めば点のようなる文字並びおり

洋館の女主人は二畳間を書斎となして座卓据えたり

記念館の歌人の書斎机上にはブラウン管のパソコンのあり

武家門をくぐり入りゆく朝の庭わか葉の小径に箒目しるし

響きくる水音たどり上り行けば真白き滝の目の前にあり

水源はいずこ泡立つ滝水の岩に踊りて溢れ流れる

楓わかば透かせる細き急流の下りゆくなり池を目指して

大池の水を引きたる菖蒲田に花咲き初める濃きと絞りと

ポンペイ

傘広げし形の松の続く先にヴェスヴィオ山の峯ふたつ見ゆ

ポンペイの若きガイドは近道と崩れし石段大股に行く

石畳みの端に覗ける水道管二千年経し鉛の光る

出土せし大甕の底の尖りおりワインの澱のここに溜まりき

海に向かう門への長き石道に轍の跡の浅く窪める

青空にヴェスヴィオ山のシルエットなだらかにあり火山休みて

軽石の飛ぶ爆発に始まりてここで逃げしはみな助かりしと

火砕流の来れば避難の道のなし人らも犬も熱に焼かれき

デッキより見下ろす水の藍色にうねり船尾へ激しく流る

朝焼けを映しとろりと赤き海をチュニス港へと船南進す

カルタゴ

ハンニバルの家と呼ばるる住居跡赤土色の礎石の並ぶ

目の前の海の藍青凪ぎており模型に示すカルタゴ軍港

高台に広がるローマ浴場跡石柱高く海に向きあう

海と空の色を写すや丘の家の扉に塗られし鮮やかな青

尖り葉を四方に伸ばしなつめやし海辺の丘に直ぐに立ちたり

崖上に聳ゆる一本のなつめやし沖行く船にも見えておるらん

イスラムの帽子・スカーフの人々に混じりてカフェに甘き茶を飲む

教会の石の尖塔やわらかき輪郭もちて木とも見えくる

ユダの木と不思議な名をもつハナズオウ濃き桃色の燃え立つごとし

セザンヌのアトリエ

中退の大学前に碑の立ちて画家この町の誇りとなりたり

アトリエへと画家の通いし田舎道藪のかなたに青き山見ゆ

画家描きし岩山あわく霞みたりアトリエに続く郊外の道

オリーブの木立の中の二階建て土塀の切れ目に小さき門あり

伯父さんの家のようなる親しさに二階の赤き鎧戸見上ぐ

北側に大き窓あるアトリエに白き光の流れ入るなり

大作を搬出するとアトリエの壁を穿ちしスリット残る

壺とりんご並べ子供らに描かせたる先生セザンヌの信奉者なりき

セザンヌのアトリエに今来てますと告げたしかの世の日野先生に

静かなる活気満ちたる朝市を抜けプラタナスの木陰に憩う

南仏の街に親しきプラタナス青葉光れる広場をめぐる

薔薇の芽

薔薇の木に樺色の芽の萌え出でて秋の蕾のはつか膨らむ

今年こそ伐らんと思う蔓ばらに大き秋花あまたつきたり

恍惚のさまに蜜吸うアゲハチョウ卵もここに産みてゆくのか

われを呼ぶ声庭にして少年のラジコンカーを掲げ笑みおり

庭の廻りラジコンカーを走らすと少年箒に敷石を掃く

新型のスケーター祖母に見せたしと幼けんめいに庭の中漕ぐ

幼子の漕ぐスケーター庭を進み車体の青の木の間ぬけ行く

皇帝の宝物庫

入国の審査を待てる長き列動くとも見えぬモスクワ空港

クレムリンにカフカの城を重ねては遠くの怖きものと見おりき

帽子屋の帽子のごとく宝冠の並ぶ皇帝の宝物庫なり

宝物庫の大型聖書黄金の表紙に真珠と宝石光る

ビロードと金の皇帝専用馬車ひときわ太き車輪持ちたり

仕立屋の窓の飾りに細身なる背広のありてプーチン氏思う

池の向こう木立の奥に丸屋根の小さきいくつ尼僧院とぞ

仲秋の名月ロシアにもありて空の高きに満月明し

大修道院

聖堂の大き小さき並び立つ通りを僧の無言に歩む

修道院めぐる白壁に点々と並ぶ銃眼われに付き来る

水飲み場に湧きいる水は聖水と人ら汲みおりペットボトルに

聖人の遺体拝すと信徒らの聖歌流るる御堂に並ぶ

白き顔にあどけなさ残る少年の長き黒衣に寺庭を行く

聖堂の青き丸屋根秋晴れの空を映して色深むらし

ウクライナ詩人の像立つ丘の下モスクワ川のゆるく流れる

サンクトペテルブルク

エカテリーナ宮殿正面ここち良きリズムに白き柱の並ぶ

西欧に負けじと宮殿建てさせしピョートル質素な家に住みたり

ピョートルの住みし煉瓦の小さき家木立の中に今も残れる

煉瓦の家王の居間には飾りなき木のテーブルと椅子の置かれる

後足に立つ馬に乗る騎士の像背筋を立てて遠くを望む

流血も革命も遠き日にあらず宮殿広場のひそやかに暮る

ネヴァ川を下れる船に海近し曇天うつす行き合いの水

フィンランドの客も食《お》しおり海辺なるロシア餃子の店にランチを

戦なき世のこの後も過ぎてあれフィンランド湾の薄藍穏し

広き空

啄木の「停車場」の歌碑人気《ひとけ》なき改札の奥の暗がりにあり

平地ゆく列車に見ゆる広き空に山の立ちきて母の故郷

霧雨の山道バスに登りゆく木の間に淡き湖面ののぞく

湖畔の宿障子開くれば目の前に水の大きく広がりており

湯船より溢れこぼるる湯の立つるくぐもる音の風呂場にこもる

ガラス窓へだて湖へと続きいる大き湯船に手足をのばす

湯船より見る湖の平らかに青より宵の黒となりゆく

湖に映る紅葉の山影の際立ちてゆく昇る朝日に

湖畔なる林の紅葉始まりて楓ひともと真紅に立ちたり

II

魚跳ねる桶

朝ごとに銀杏の黄葉の二、三枚庭土に光るいずこより来し

銀杏葉の西風に乗り飛びくるや一キロ先のわが庭辺まで

魚一尾なかに跳ねいる桶を抱え割烹着の母あゆみ来る夢

一月の半ばの母の誕生日赤きばら買う在りし日のごと

冬庭にばらの蕾の膨らみて色差し初むるに雪の降り積む

薔薇のつぼみ冬庭に一つ育ちしを咲かせてみんと瓶に挿したり

みぞれ降る朝のしげみに影動き縞柄をつと見する四十雀

椋鳥に見逃されたる蠟梅の花の三つ四つ枝かげに咲く

うす緑の丸き肩みせ大根の並ぶ畑を風吹き抜ける

刈り込まれし百合の木の影並びたち先なる空の茜に染まる

南天の陰に福寿草咲き出でて春の光の庭に満ちゆく

この春に任期終える子に先のこと問えずおりたり沈丁花咲く

大西洋青く

大岩に砕け散る波その先に大西洋の青く広がる

崖ふちの白き簡素なマリア堂ヴァスコ・ダ・ガマもここに祈りき

大通りの外れに白砂の浜つづき彼方に青き海の凪ぎたり

重ねばきの黒スカートのふわふわと老女下町の石畳ゆく

皿の上の魚ナイフにほぐす間に赤き夕日の海へと落ちぬ

炭火にて黒焦げなるも香ばしき海辺の町の鰯のグリル

巡礼の街

ユーカリの森の道ゆき小さき川の石橋渡ればスペインとなる

車入れぬ古き市街にアーモンドの菓子売る遠き日よりの声す

鋭き歯、まなこ持ちたる大き魚置きて主か客待ち顔なる

聖ヤコブの棺まばゆき金銀の飾りは後の人らの細工

共同墓地なりしところに出でしとうヤコブの遺骨少し信じる

徒歩による巡礼若きひと多し登山姿に長き杖もち

聖堂まで百キロ完歩の証明書受くると若きら神妙に待つ

希少種とう黄色のつばき一条の金の光となる朝の庭

ラテン語を習得せんと学生らラテン語にのみ会話をせると

三十度の日盛りのなか伝統の黒きマントに学生の行く

大学より坂を下れば旧市街コンペイトウを売る店並ぶ

荷風の墓

ひと駅を都電に行けば床下より足裏に微かひびき上り来

半世紀へて乗る都電その揺れに子供のわれの立ち返りくる

疎開より戻りて住みし家近く緑の路面電車通りき

雑司ヶ谷墓地訪ねんに雨止まず足踏みしめて通りを渡る

荷風の墓父のと並ぶ小さき石植え込みの中に古びゆくまま

墓石なき区画に樒《しきみ》の育ちいて細き花びら葉陰に香る

リラ冷えとつぶやく人の目の先に花の咲きおりむらさき淡く

アメリカ人宣教師の家質素なるも浴室二階に広々とあり

故郷の家を模したる洋館の日本の街に馴染む百年

社殿へと伸びたる枝は払われき幹のみに立つ銀杏保存樹

御茶ノ水のいわれの清水残りいて広場の隅を細く流れる

木のいのち知りし江戸期の人の技ふかき地中の木樋《もくひ》傷まず

空襲警戒警報

サイレンが鳴れば徒歩にて山めざしき四十五年八月の日々

荷車は禁止と怒鳴る声するも荷を高く積みカラコロ行けり

布製の赤きザックは母の手縫い五歳のわれの宝物なりき

弟を背負いし母に手を引かれ混み合う夜道を急ぎ行きたり

夜間には黒服着よと言われしも服なきわれの白ワンピース

「敵機近し」メガホンに叫び人らみな水なき溝《どぶ》に這入り屈みき

白き雲わく青空を見上げおり「終わった」という母と並びて

真夏の庭

葉月なる並木のけやき繁りあい交わす枝々暗き翳なす

日向より欅の影に入り行けば蟬の鳴き声ジーと降りくる

今年初の油蟬聞く足元に大き骸《むくろ》のひとつありたり

息絶えしばかりの蟬か羽の色鮮明にして胴のふくらか

油蟬のむくろを載せる掌に足の細かき棘からみくる

ペンタスの五弁の花の増えゆきてゆるき珠なす真夏の庭に

彼岸花出で来るはずの場所の草ていねいに抜くどくだみまでも

ああ蝶々と幼言いたりサルビアに真白き小さな蝶の止まりて

切り詰めしもみじに細き枝の伸び新芽の赤く夏日に光る

蔓も葉も弱々しかる朝顔の今朝咲かせいる淡き空色

鰯雲あわく

ポーランド逃れし友のパリに死す数年後には政変ありしに

難民のビザ得てパリの大学にポリーナ勤めき定年までを

年金の低さ嘆くもポリーナのパリに住みたりルーブル愛して

ポリーナに会いしはアメリカ　古びたる白衣に物理の実験していき

判りにくい言葉の一つアイデンティティー概念満たす訳語むずかし

Webinar《ウェビナー》なる会に誘わる我の知らぬ世界のすでに到来しおり

芝桜の中のカヤツリ抜きゆけば時を違えし花一つあり

窓あけて眺むる空の広々と鰯雲あわく光を帯びる

埠頭を離れ

タラップの上より客を確かめる乗船係の目つき鋭し

大型の船のゆるりと埠頭去りヴェニスの島の潟に入り行く

運河わたる橋半円の形して下をゴンドラ通り行くなり

海べりの丸屋根大き聖堂へ人ら階《きざはし》のぼり行く見ゆ

大鐘楼夕べの空に聳え立ち探す広場の位置を示せり

平盆に人すきま無く乗せしごとサンマルコ広場賑わいており

ギリシャへ

水しぶき飛び来る小船に島を目指す朝のエーゲ海今日も晴天

オデュッセウスいかなる船にこの海をさまよい島々めぐり行きしか

石段の急坂の上に広場ありドームの青き教会の立つ

エーゲ海見渡す崖の細道を行けば身体の青みくるごと

森の道の先明るみてオリンピア遺跡の円柱まばらに見えくる

神殿の門の崩れて下部のみに残る円柱ふとぶととあり

通路なる石壁あわき蜜のいろ粗挽きパンの肌理に似るかな

神殿の柱の間を風の抜け束の間きわだつ胴のふくらみ

古の人らも見しか目の下の街の先なるリカヴィトスの丘

無造作にころがる円柱断片のみなドリス式たて溝著し

『足長おじさん』

茅葺きの山門のさき茅葺きの本堂の見ゆ友の菩提寺

本堂の茅葺屋根のぶ厚きに切り口の鋭く秋日を返す

つわぶきの咲く本堂の裏道を上りつつ行く友の墓所へと

水桶と花もち墓への急坂を行く青年の足どり確か

「好きなことしている時は止めないの」友に育児の信念ありき

作家へとスタート切りて斃れたる郁美よわれら天を恨みき

翻訳の『足長おじさん』二十年たちて文庫の版も出でたり

さくら落葉はき寄する人の背に肩に赤や黄の葉のしきり降りくる

花つかぬ茗荷をすこし移さんか馬酔木のとなり掘り返しみる

茄子のあとにチューリップ植え秋庭の仕事終えたり霜来る前に

一人でも泊まれると来る一年生ハムスターいる籠を持ちくる

秋の山

トロリーの残るは黒部のみと聞く上野走りしもいつしか消えて

ケーブルに着きし峠のナナカマド赤ひと色の青空に立つ

一面の紅葉まぶしき高山《こうざん》の斜面を小さくロープウェイ行く

灯し淡きトンネル主峰の真下とうバスの座席に姿勢を正す

湧水に淹れしコーヒーの丸きこく味わいおりぬホテルの朝に

新雪にそろり踏み出す遊歩道ふわふわの雪に靴の埋まる

師走

養殖を再開したる北の町のホタテ届きて師走に入る

ボランティアに覚えし娘の貝をむく軍手をはめてへらを差し入れ

ふっくらと丸く大きな貝柱刺身とフライの半々とする

気難しき小五の男《お》の子しぶしぶと来しもフライに箸の止まらず

半切りの柚子を絞りて汁と実と種をひとつのボールに満たす

山盛りの柚子皮ひたすら刻みゆく包丁いつしかリズムを持ちて

葉も白根もずんぐり太き下仁田ねぎ泥の薄皮そっと剝きゆく

白き食パン

心地よく運転をして父の家のベルを押しおりうつつになけど

見慣れたるセーター姿の父の出て早かったねと機嫌よく言う

茶の間には母いて白き食パンの一切れ笑顔にわれに勧める

うす切りのパンと水のみ食卓にありて簡素に老いふたり住む

父母のすでにかの世の人なればこの世に食卓あるを訝る

すばるぼし見たいと幼の不意に言うその名絵本に知りしものらし

三つ星の西にすばるのほのかなり幼子と仰ぐ寒の夜空を

オリオンの三つ星を言うに耳かさず幼よき目にすばるを数う

タクト

義妹《いもうと》の逝きしを嘆きくれし人の訃報目に入る開く紙面に

葬りの日細やかに心を遣いける人の逝くなり一年《ひととせ》を経ず

この友のタクトによりて「早春賦」みなで歌いき義妹送ると

死神の気まぐれさほどの意味もなく次に逝く人決めているらし

中世の宗教劇に見るごとく「死」は人みなを不意に訪《おとな》う

玄関のめぐりをせめて搔きおかん雪の積みたる午後の明るし

降りたての雪の柔きに幅広のシャベルを差せばつつと乗りくる

雪を搔くシャベルの音のおちこちより響きて街のわずか賑わう

ひすい玉の首飾り

冬の枝空に広げし百合の木の主《あるじ》めきたるに「しばらく」と言う

百合の木の寿命いかほど百年を越えしも年々高く伸びゆく

ひすい玉長く連ねし首飾り三千年の光を留む

翡翠・瑪瑙レース模様に編まれたる胸の飾りの軽く広がる

兵馬俑と長城残る秦国に小国時代の七百余年

宮殿と墓所を同時に造りたる王うたがわず死後の帝位を

瀟洒なる箱型馬車に御者のいて中は空なり魂乗ると

帝墓にも上下水道通いしや宮殿の地下土管のめぐる

独裁の水の甘きか皇帝の求めさせたり不死の薬を

殉死やめ素焼きの人体作りたるに救いを見たり命八千

東北弁のシェイクスピア

東北弁シェイクスピア劇つくりいる友の新作『紅州《ベニス》の商人』

江戸時代の話となりし沙翁劇に被災地の人ら集いくれしと

池上の寺の広間に東北弁ひびきヴェニスの松島となる

なじょすっぺ、たまげる、ごしゃぐ、濁音の温きリズムに耳の慣れゆく

わき水を汲み玉石にかけやれば地中かすかに笛の音のする

ふくらかなかんざしに似る三椏の花の黄色に春の日たまる

高きには風のゆくらし幣辛夷《しでこぶし》のうすき花びらはつかに揺れる

かなめもち若葉の赤く伸び立ちて淡き日に照るあるじ病む家

歌詠むを続けよと文に言いくれし歌人の訃報新聞に読む

シルク・ドゥ・ソレイユ

昇り降りのエスカレーター二本ずつ動き巨大な駅の人呑む

幅広き歩道まばゆく照らされて節電どこ吹く風のお台場

青と黄の縞あざやかな大テント行く手に見えてサーカス広場

踊り子の舞いつつマットを広げたり空中ブランコ動く真下に

インディアンの小舟の行くは映像の太古の流れ水の渦巻く

道化師の釣り人しかと糸を垂れビニール袋あまた釣り上ぐ

大テント、発電機など一式を持ちてサーカス世界を巡る

ブルーベルの種の散りしか庭隅の木々の陰にも青花の咲く

川水光る

開運橋と良き名もらいしトラス橋柵の間《あい》より川水光る

山々の雪の解けしや夜の街を流るる川の水音高し

新緑のモミジ、カシワの枝を張るした小暗きに啄木の歌碑

歌碑近く立ちても見えぬ岩手山街に高層ビルの増えたり

イロハモミジ梢《うれ》を仰げば細やかな若葉重なりモザイクをなす

白花を雲のごとくに纏いたる巨木のありてナンジャモンジャと

啄木の新婚の家貼り紙に「ご自由に」とのみ人の出で来ず

結婚式さぼりし夫を許せしは意地かもしれぬ強気な女《ひと》の

盛岡より一駅すぐれば家まばら新緑のなか列車の進む

二両なる列車に少しの客いるも渋民駅に降りしは我のみ

ニスの艶の美《は》しき節子のヴァイオリンため息の音《ね》の聞こえ来そうな

バス停にみる岩手山の大きくて雪筋二、三かすかに残る

根岸にて

藍色の褪め枯れ初むるあじさいの花を切りゆく梅雨の晴れ間に

カレンダーの紫陽花めくれば河骨の黄の浮き出でて七月となる

戦後すぐに父の借りしは根岸にて焼け残りたる古き二階家

晩年の母夢見しは榛名湖のほとりの小さき家に住むこと

雨上がりの舗道に百合の木の落葉あまた張り付く夏の盛りに

緑濃き百合の木並木の下陰に散り敷く落葉青きもありて

鵜飼

艫よりの鋭き声に舳先なる若ものの櫓を繰る右に左に

船頭の助手と見えたる若者は高校生とう身ごなし軽し

始まりを花火に知らす鵜飼漁夜空に大き菊花こぼれる

松明の火の粉川面に散らしつつ先頭の鵜舟闇より現る

舳先なる鵜匠の手より幾筋の縄広がれり篝火に照る

舟に沿い進む鳥らの時折に弾みて水に首を差し込む

鵜の首を摑み引き上げまた戻す鵜匠の動きリズム滑らか

腰蓑と烏帽子すがたに顎鬚の白き鵜匠が眼を凝らす

鵜舟らの一団となり下りくる漁のフィナーレ篝火の舞う

球根を植う

草むらに一つ咲きたる日日草秋めく日差しにその色を増す

橙の翅に黒濃き紋の散る蝶の蜜吸うマリーゴールドに

子供らにチューリップ見せんと秋ごとに球根植えて五十年経ぬ

黒土の湿りに触れつつ球根を深植えとする向きをそろえて

駅前の農業祭にパンジーを夫の買い来る十株十色に

パンジーを冬の花壇の彩りと植えるがいつしか慣いとなりぬ

劇場デビュー

群衆の役を貰いて劇場の舞台の袖に出番待ちおり

大ホールの舞台奥行き深々と淡きライトに闇の広がる

群衆の一人となりてステージにボレロを踊る緩きリズムに

暗く翳む舞台奥へと進み行くダンスの稽古の列に我がおり

孫のような青年脇に付き添いて迷う手足にヒントをくれる

足音のかすか舞台に響きたりボレロの曲に人の流れて

足伸ばし身体傾け若者のスローモーション演技しなやか

蜷川氏の訓練受けし若者ら決闘の場を自在に動く

高慢な青年ティボルト決闘に死して立つ時荒き息する

決闘の練習終えし若者ら汗の臭いの中を戻り来

六十歳以上の募集に集まりし千六百人はつらつとして

老人はシルバーならずゴールドと蜷川言えり十年前に

春少しずつ

Season's Greetingsのカードなく今年も同じ北斎の富士

刈り込みて枝の透きたる山茶花の今年の花の空に浮くごと

白き霜の厚き下よりパンジーの花びらいくつ震えてのぞく

蠟梅の花の便りに庭の木を見れば莟のあまた膨らむ

水切らんと竿に吊るせしブラウスの凍りつきたり冬晴れの朝

シクラメンの鉢に深紅の縮れ花伸びて押し合い盛り上がり咲く

在りし日の父母の家日当たりの良き広縁にシクラメンの鉢

回転を見せると少女真剣な顔にバレエのポーズ取りたり

手を広げバランス取りて一輪車森の小道を揺れつつ進む

老年学研究者の賀状に記さるる高齢により今年で止めます

年賀状これで終わりと記す日の程なくあらん我ら二人に

水中を歩く運動九十の斎藤さんのなめらかに行く

しなやかな手足の動き肌のつや九十の人に疲れの見えぬ

ふくじゅそう葉陰にふっと開きたり冷たき光庭に満つる日

莟食む小鳥の減りて蠟梅の枝の先まで花の賑わう

真夜中に踊りしごとく庭土に猫の足あと輪となり残る

螢・長火鉢

螢とると祖父と行きたる夜の田んぼ白き光の粒の舞い飛ぶ

暗闇に白き光の点ゆれて時おり祖父の団扇の動く

共に来し小さき従兄は捕まえし螢をみんな我にくれたり

やさしかりし従兄その後の日を病みて逝きけりいのち八年なりき

両親と弟の待つ蚊帳の中に籠のほたるを祖父と放てり

喜ぶと思いし弟母にすがりゆらめく光をただ見つめおり

遠き日の茶の間に祖父の写真ありて螢の人とこころ親しむ

長火鉢に煙草を吹かす祖父のそば通ると飴を手に招きたり

長火鉢に時には祖母もキセル吸う家業の女将の休憩時間

店たたみて同じ火鉢に煙草のむ祖母の小さく優しくなりし

ミモザ咲く

春一番がテラスに積みし砂の山を次の日の風さらいてゆけり

紅梅と白梅の咲き小鳥くる夫と二人の小さき庭に

両親の墓参の後は浦和にて鰻食すが慣いとなれり

中山道浦和の町のかば焼きや庶民の味の今に続けり

うな重を取るは母流の手抜きなるも夫は「あれが楽しみだった」

門先に黄の花のぞき植込みの中にミモザの混じると知れり

門柱をおおう如くにミモザ咲く庭木々高く人見えぬ家

恋人にミモザを贈るミモザの日イタリア三月春のさかりに

沼のほとりメタセコイアの芽吹きそめ抜けゆく風の緑を帯びる

見えぬほど高くに凧をあげる人の幼に糸を持たせくれたり

サインポール回る

ニコライ堂ビルの間に埋もるもドームの確と空に立ちおり

医科歯科の丘より谷の向こうなるニコライ堂を描くと通いき

誰彼の終焉の地と記さるる散歩用地図手に歩み出す

稼ぐため書きて逝きたる薄命の家長一葉二十四歳

境内の木陰暗きに大正の震災焼死者悼む碑の立つ

己が才を信じ努めし啄木の短き生の怒濤のごとし

啄木の「喜之床」跡は今も床屋サインポールの回りていたり

日曜の散歩の最後は天満宮坂の先なる石段を行く

乙越沼

北国は田植えの季節水張田の真中おちこち田植機のゆく

ゆるゆると進む田植機背面に並ぶ早苗の緑鮮やか

本線といふも無人の駅に降り公衆電話にタクシーを呼ぶ

土地の人なる運転手目的の沼を目指すに迷いのあらず

白鳥の去りて静まる小さき沼くもりの空を映して白し

沼辺なる公民館に訊ねるも幸輔歌碑を知る人のなし

目の先というべき場所の碑を知らず人ら沼辺に住みて働く

沼に沿う小道を辿る目標と聞きし小学校舎めざして

写真に見し歌碑に似る影ほの暗き木々の間に高く立つ見ゆ

沼に沿う木立の中の碑に刻む桜の歌読む声を小さく

次の日も訪う草の道忘れこし傘は置かれしまま吾を待つ

跋

角倉羊子

佐野昭子さんが第二歌集を出されることとなった。喜寿を迎えられたことから、出版を思い立たれたと言う。

喜寿という言葉に人がかねてより抱いてきたイメージとはかけ離れた昭子さんではあるが、しかし、この歌集名『冬の花』に籠められた思いを知った時、私は深く頷いた。人生の時間は後半に入ると加速を始め、年ごとに速さを増す。その流れゆく時の中で、人は老いを自覚する。しかし、冬になっても色と香りを失わないローズマリー、ヘンルーダの花に自身の老いを重ねるあり方に、確固とした理性と意思を感じる。

フェリーに航《ゆ》くダーダネルス海峡波ひくし英仏艦船底に眠らせ
モスク床の絨毯に織られしチューリップその一輪が一人の場なり
流血も革命も遠き日にあらず宮殿広場のひそやかに暮る

教職を退かれてからのこの歌集には旅行詠が多い。とりわけ海外旅行の歌が目を引くが、この一首目はトルコへの旅行の歌である。ヨーロッパ列強とオスマントルコとの間で繰り広げられた海峡を巡る戦いのあとを訪ねている。穏やかな海をフェリーで航行しながら、その生々しい残骸が海中に眠っていることを思う。戦いのあった第一次世界大戦より百年を経た今も、平和が実現していない世界を思う作者の眼差しがここにある。

モスク床に敷かれた絨毯のチューリップ一輪が一人の場であると詠む歌からは、イスラム圏が育んできた文化の彩りが伝わる。同時に一輪のチューリップの模様にひれ伏す信仰者が、神（絶対者）の前に一人であることへの敬意と理解が表わされる。作者の心に垣根がないから、旅先であってもすっとその場に入っていける。長い年月、英文学を学究の拠点とし、他国の研究者たちと交流してきたことで培われた知性に基づく人間力、とでも言ったら良いのか。それが歌の姿を律している。作者は大学で教鞭をとるかたわら、シェイクスピアの研究者として研鑽を重ねてこられた。

三首目はロシア、サンクトペテルブルクの冬宮前の広場での歌。静かな夕暮れの広場に立って、この広場を通り過ぎた時間のざわめきを聴いている。ロシア帝国の繁栄を表わす豪奢な宮殿を前に、むしろ歴史の残酷さを感じているのだ。等しく歴史の時間軸の上を歩む者としての感慨が伝わってくる。

毎日のテレビ電話に洗い立てのシャツ着る夫気を遣いおり
うす切りのパンと水のみ食卓にありて簡素に老いふたり住む
すばるぼし見たいと幼の不意に言うその名絵本に知りしものらし
黒土の湿りに触れつつ球根を深植えとする向きをそろえて

数は少ないが、家族の歌を挙げてみたい。理性的な人はともすると冷たい印象を持たれやすい。しかし、ここに見る家族の歌からは作者の体温のぬくもりが伝わってくる。テレビ電話で夫君と会話をする作者は、ロンドンに滞在している。そのテレビ電話に出るために毎日洗い立てのシャツを着る夫君。この歌の主人公は夫君のようで、しかしその夫君をほほえましく見ている作者自身であろう。よき理解者がいて長きにわたる研究者としての生活があった。いかにも幸せそうだが、こんな甘い雰囲気の歌が集中ほとんどないことが、新鮮な効果をもたらしている。

次の歌の「うす切りのパンと水」の食卓は、亡き両親の登場する夢の一齣である。夢でありながら現実と見紛うような、昭和期の簡素な暮らしの姿がここにある。これは作者の原風景と重なるのだろう。昭子さんの地に足の付いた感覚は、幼いときの戦争体験、また戦中戦後の誰もが貧しかった時代を、家族を支えて懸命に生きたご両親と、生死を超えて共に生きていることに因るのではないだろうか。

「すばるぼし見たい」と言う「幼」はお孫さん。作者はこの小さなお孫さんの手を引いて冬の夜空を見上げるのだが、ただ優しいのではない。好奇心が知識、そして知性へと繋がることを期待し、手を差しのべている。それでいて「幼」の愛らしさが伝わってくるのは「すばるぼし」の名詞の平仮名表記である。

黒土の湿りに触れながら球根を植える庭は家族が共に過ごしてきた庭である。

毎年くり返されるこの行為の積み重ねは、同じようでいて、それぞれの変化を経た貌に囲まれる。それでも季節が巡れば丁寧にこのことを行なう。「黒土の湿り」に触れることは、過ぎ去った時間、これから訪れる時間の豊穣に触れることでもある。

築山に淡き日の差し草萌え初む大地震《ない》過ぎし師の歌碑のほとり
沼に沿う木立の中の碑に刻む桜の歌読む声を小さく

集の初めと終りに置かれる、長風の先師鈴木幸輔の歌碑の歌である。初めの歌で作者は二〇一一年三月十一日の東日本大震災の直後に浦和の別所沼公園の歌碑を訪ねている。

二首目は、秋田県大仙市強首《こわくび》の乙越《おとごえ》沼に立つ幸輔の歌碑を訪れての歌である。乙越沼は雄物川の残存湖であり、雄物川は鈴木幸輔を生み育んだ自然の象徴でもある。そこを訪ねることで、作者は歌の道に至る自らのルーツを確認するのであろう。昭子さんと鈴木幸輔とは直接の面識はない。しかし、母広居きん子さんが幸輔に師事したことが、現在の昭子さんの作歌の生活に繋がっている。先師の桜の歌を声に出して読むことにより、日本の歌に傾注し、命を捧げ尽くした人の魂をなぞろうとしているかのようだ。

六十代になってからの作歌のスタートは決して早いとは言えないが、その時間を取り戻そうとするかのように、昭子さんは熱心に励んでこられた。この一筋の縁に導かれて、どれほど多くの出会いと、新しい学びを経験されたことだろう。短歌、日本語への執着を課題として人生の冬の季節を歩むことの豊かさを、読んで下さる方にお届け出来れば幸いである。

角倉羊子

あとがき

『冬の花』は私の第二歌集であり、二〇一一年春から二〇一七年春までの作品四八七首を収めている。

東日本大震災の混乱の最中の三月、七十歳の私は定年を迎えた。卒業式も中止という異例の年で、自然の脅威と、自分もその一人である人間の無力を思い知らされた。

四月からは出勤のない日々となったが、ささやかながら、勉強、趣味、スポーツなどの機会があって、外出の多い生活が今日まで続いている。

短歌も活動の一つであり、「長風短歌会」や「旅笛の会」の先生方や仲間たちから教えや刺激をいただきつつ、私なりに励んできた。しかし、第一歌集『時の明かり』以来の六年間、同じような悩みや迷いが続き、進歩は少しも感じられない。

　とはいえ、時は容赦ない。私はこの八月に七十七歳になった。人生の最終幕であり、季節でいえば冬、人生を七幕としたシェイクスピアに従えば第六幕というところか。歌集題『冬の花』はシェイクスピアの『冬物語』の中のボヘミア王のせりふ「年寄には冬の花がふさわしい。」に依っている。ここでの花はローズマリーとヘンルーダ。冬にも色と香りが続くという。

　本集の上梓に際しては選歌をはじめ、すべてにわたって、歌友として信頼する角倉羊子氏のお世話になった。跋文もいただいた。心より感謝申し上げる。校正は小笠原明子氏にお願いした。また、砂子屋書房主田村雅之氏と装本の倉本修氏には万端をお任せし、お世話になった。併せて厚く御礼申し上げる。

平成二十九年十一月

佐野昭子

冬の花　佐野昭子歌集

二〇一八年三月三日初版発行

著　者　佐野昭子
東京都小金井市本町四―一二―二七（〒一八四―〇〇〇四）

発行者　田村雅之

発行所　砂子屋書房
東京都千代田区内神田三―四―七（〒一〇一―〇〇四七）
電話　〇三―三二五六―四七〇八　振替　〇〇一三〇―二―九七六三一
URL http://www.sunagoya.com

組　版　はあどわあく

印　刷　長野印刷商工株式会社

製　本　渋谷文泉閣